La visita de Rino

Lada Josefa Kratky

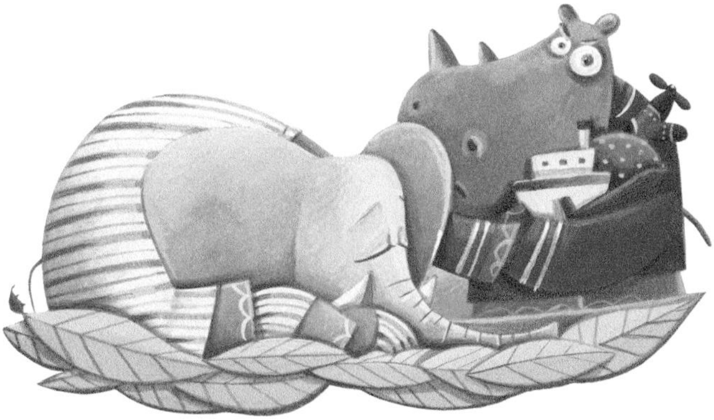

NATIONAL GEOGRAPHIC LEARNING | CENGAGE Learning

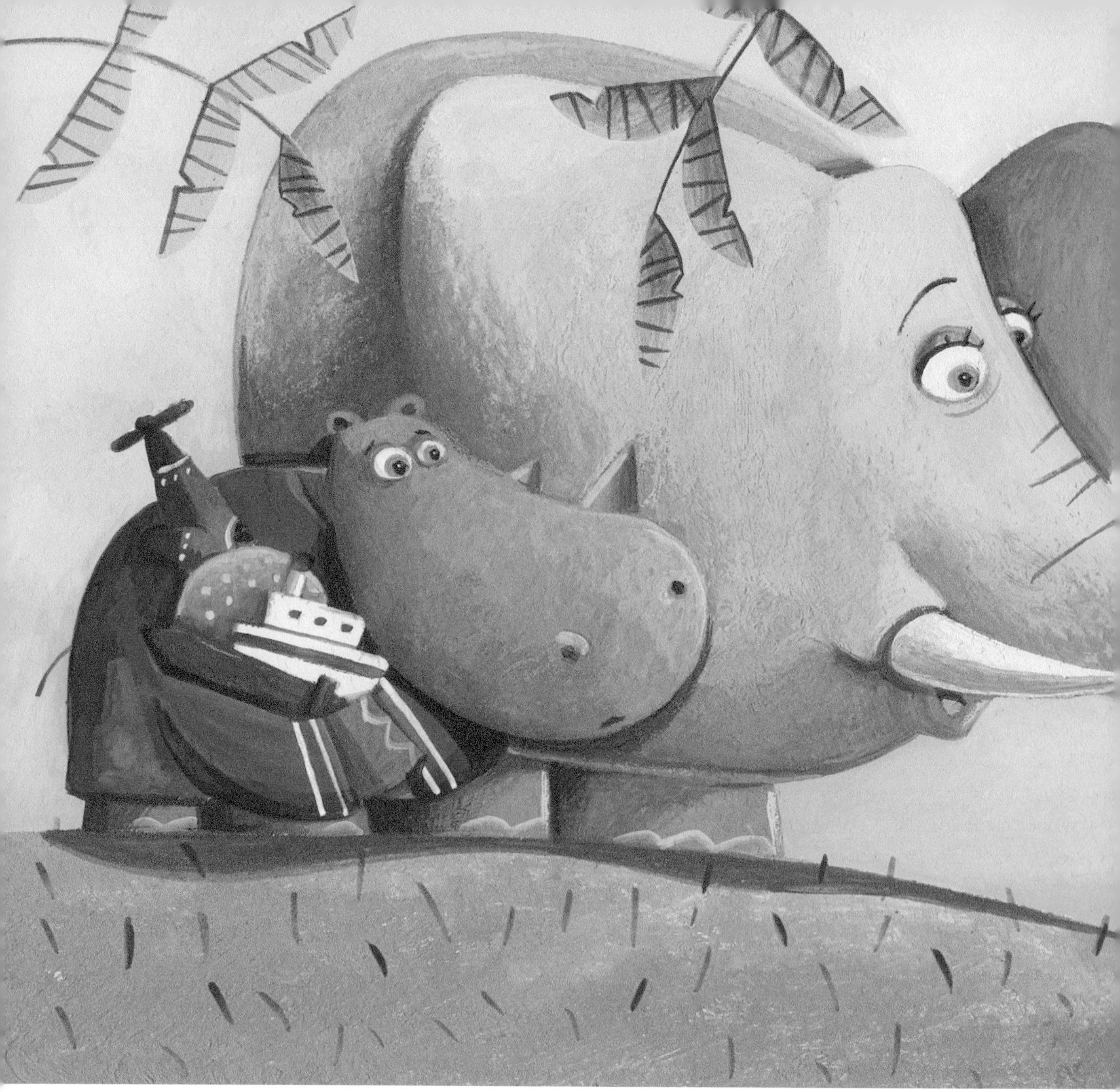

—Elefantito. Es Rino.

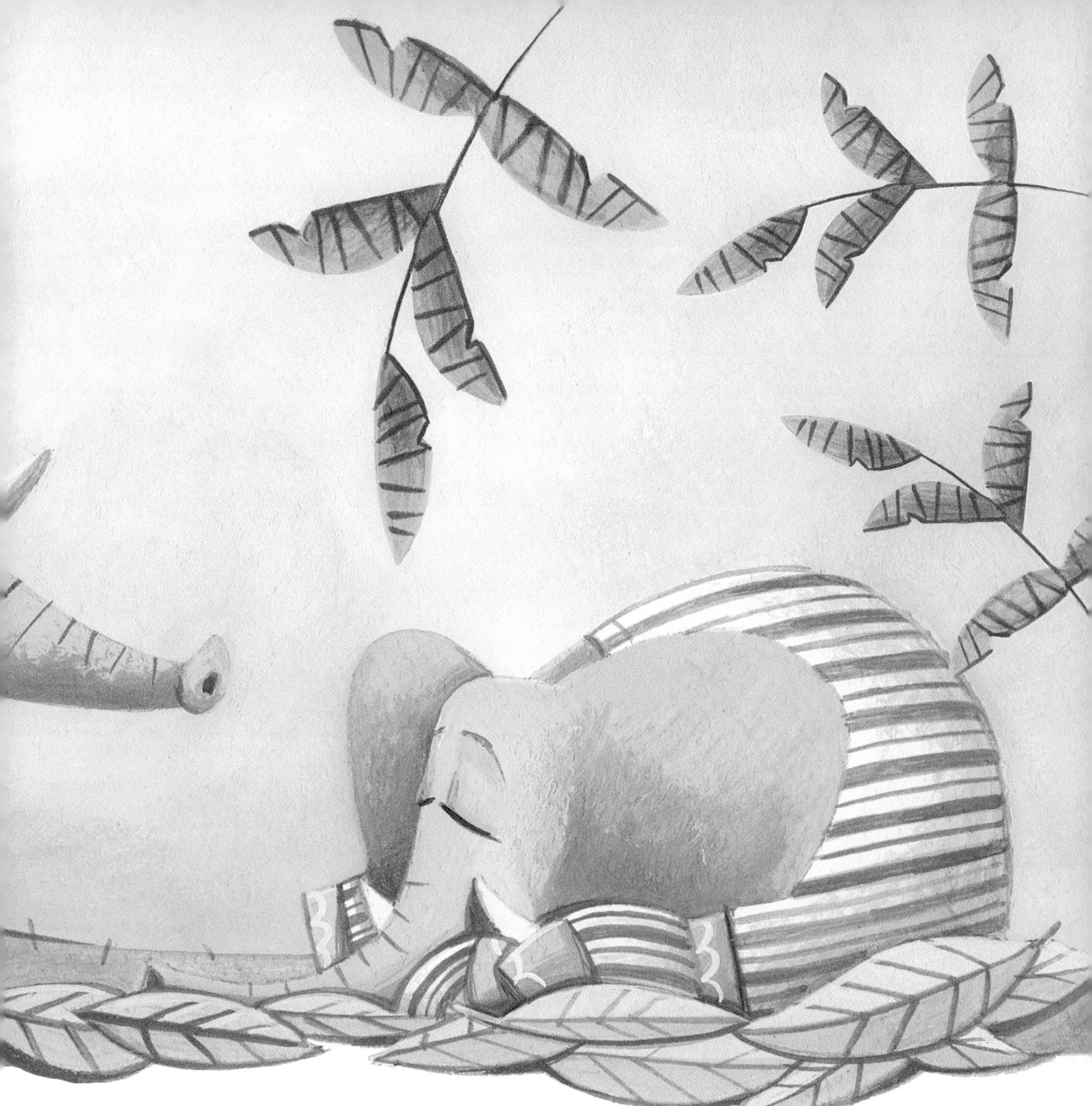

—¿Eee?

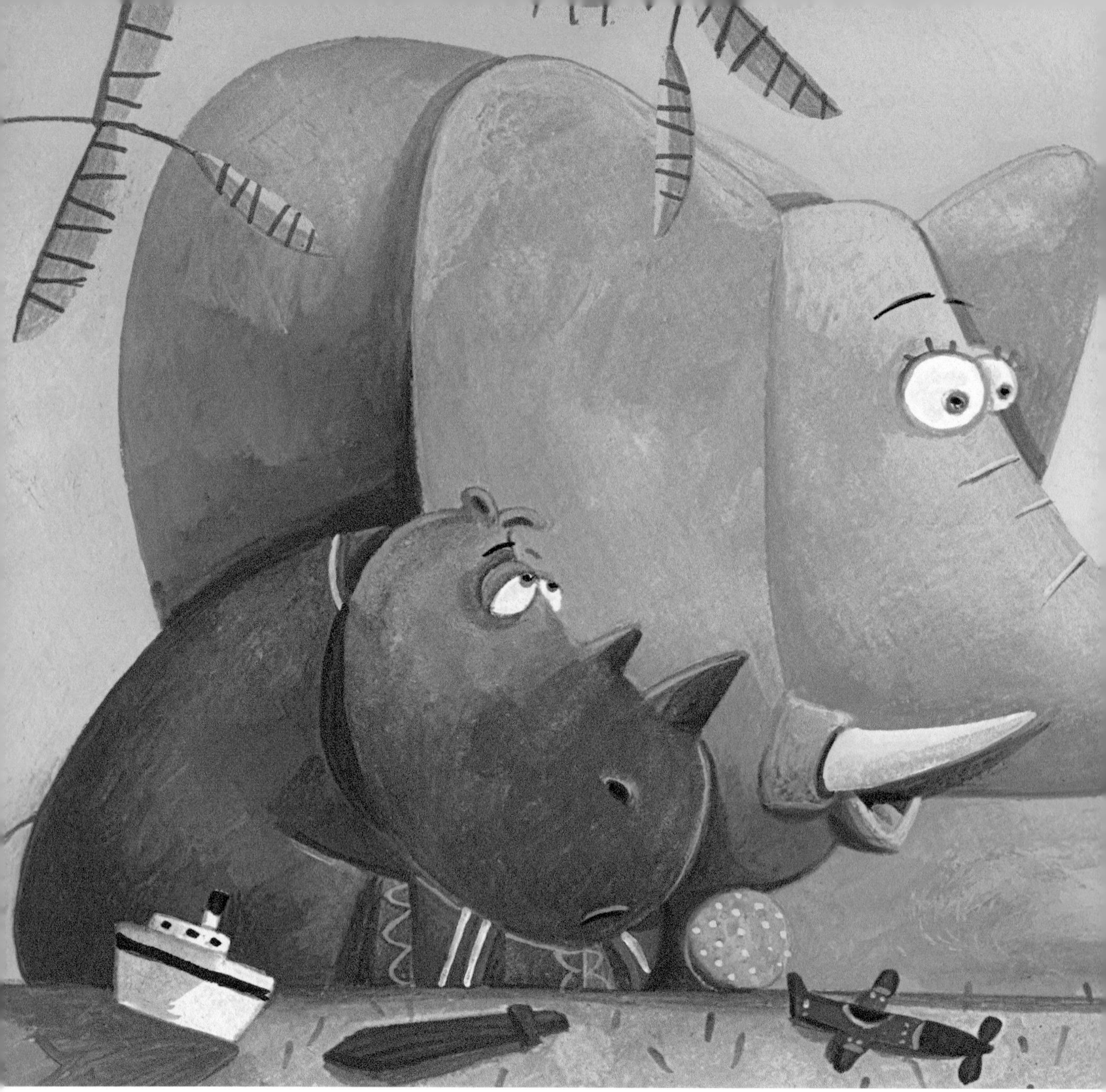

—¡Elefantito! Es Rino.

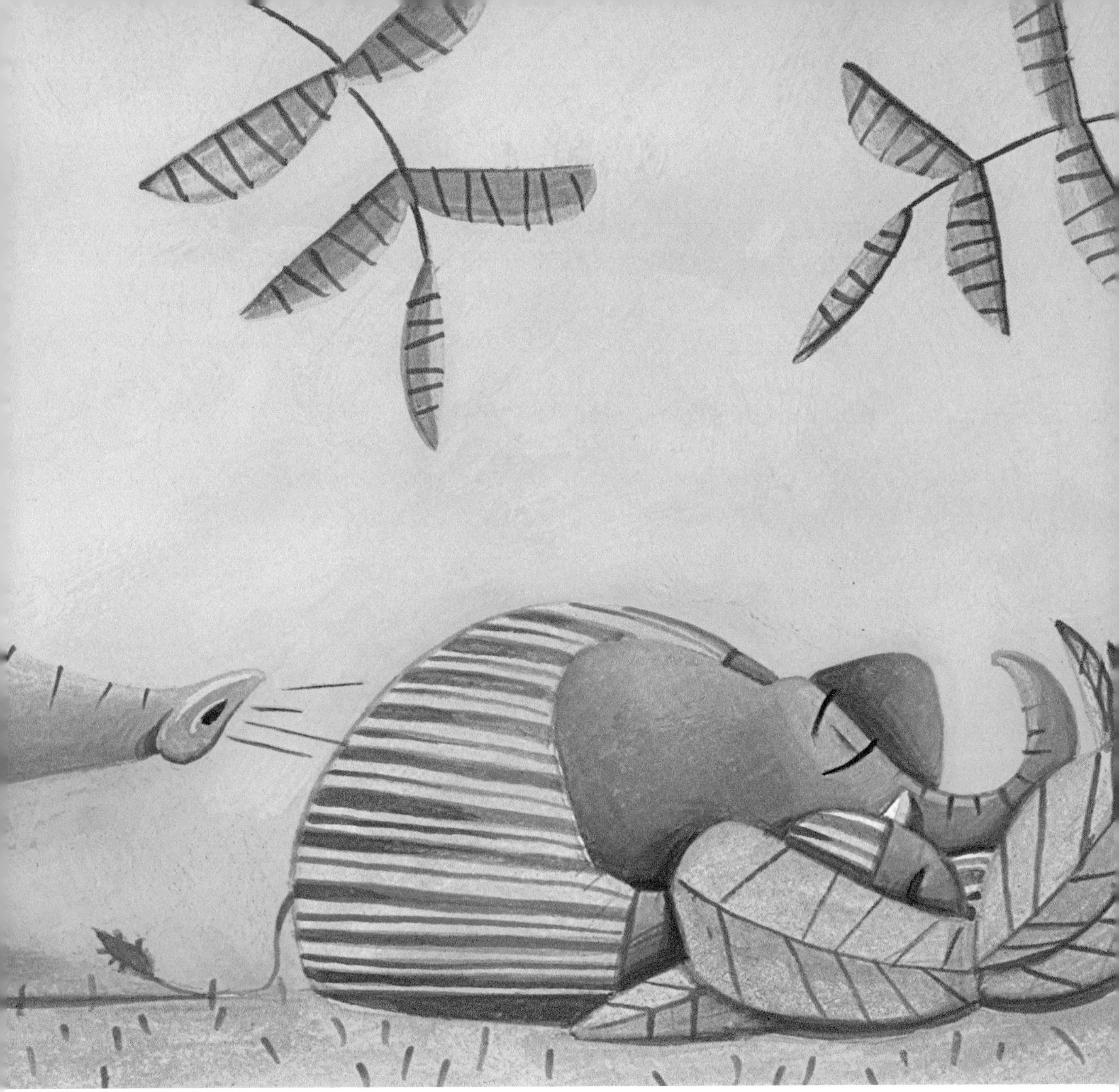

—¿Eeeee?

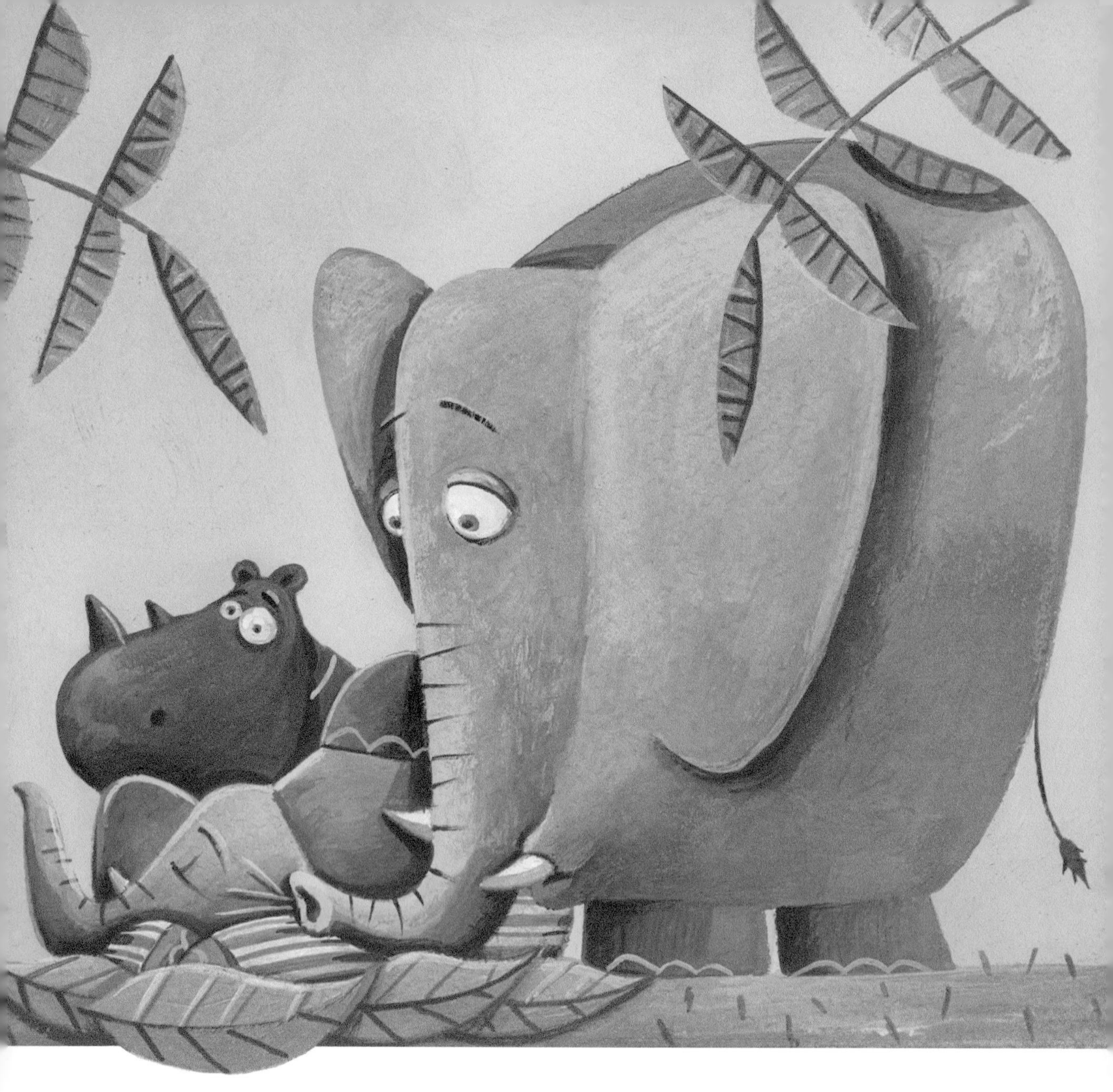

—¡Elefantito!

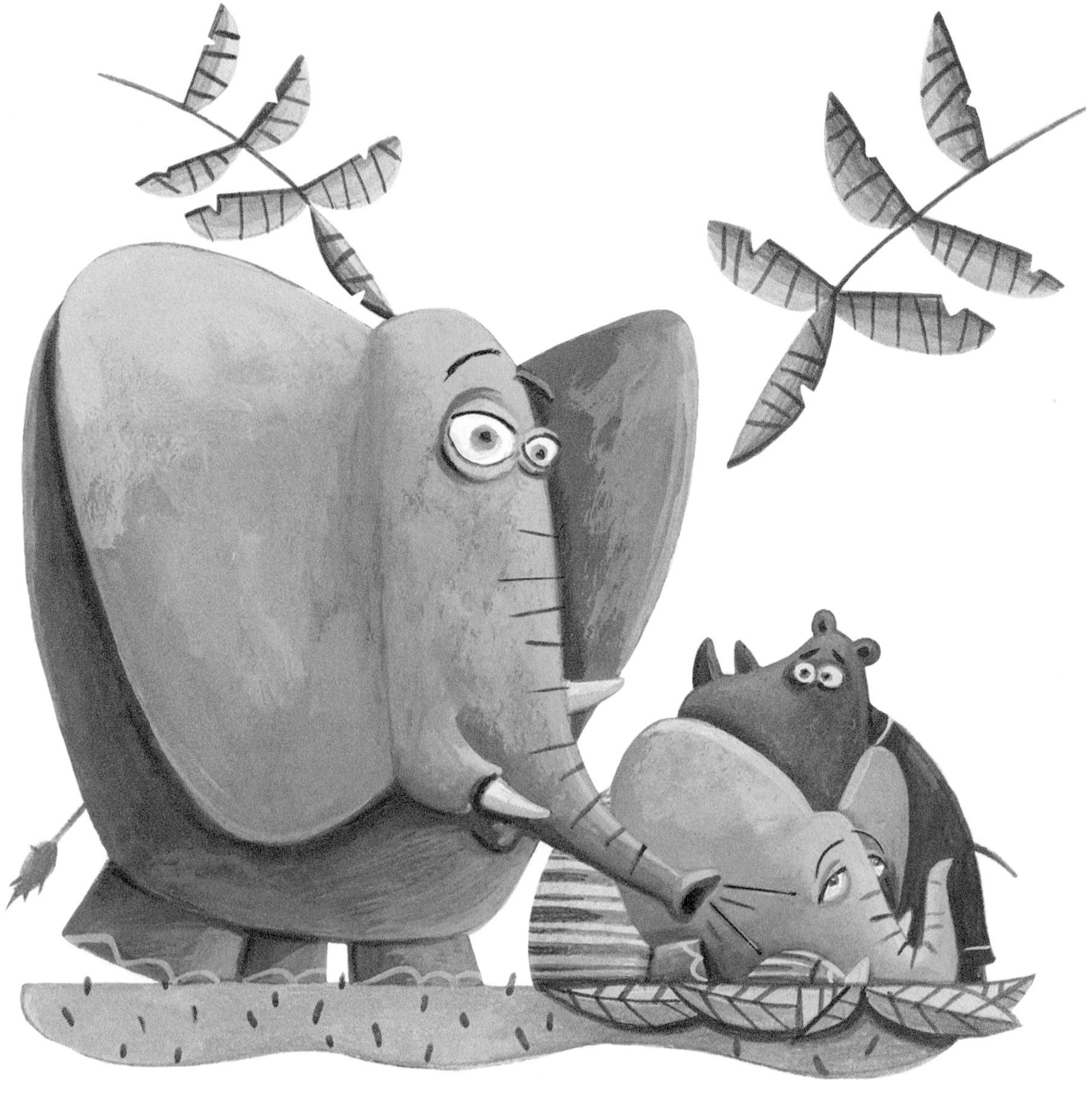

¡ES RINO!

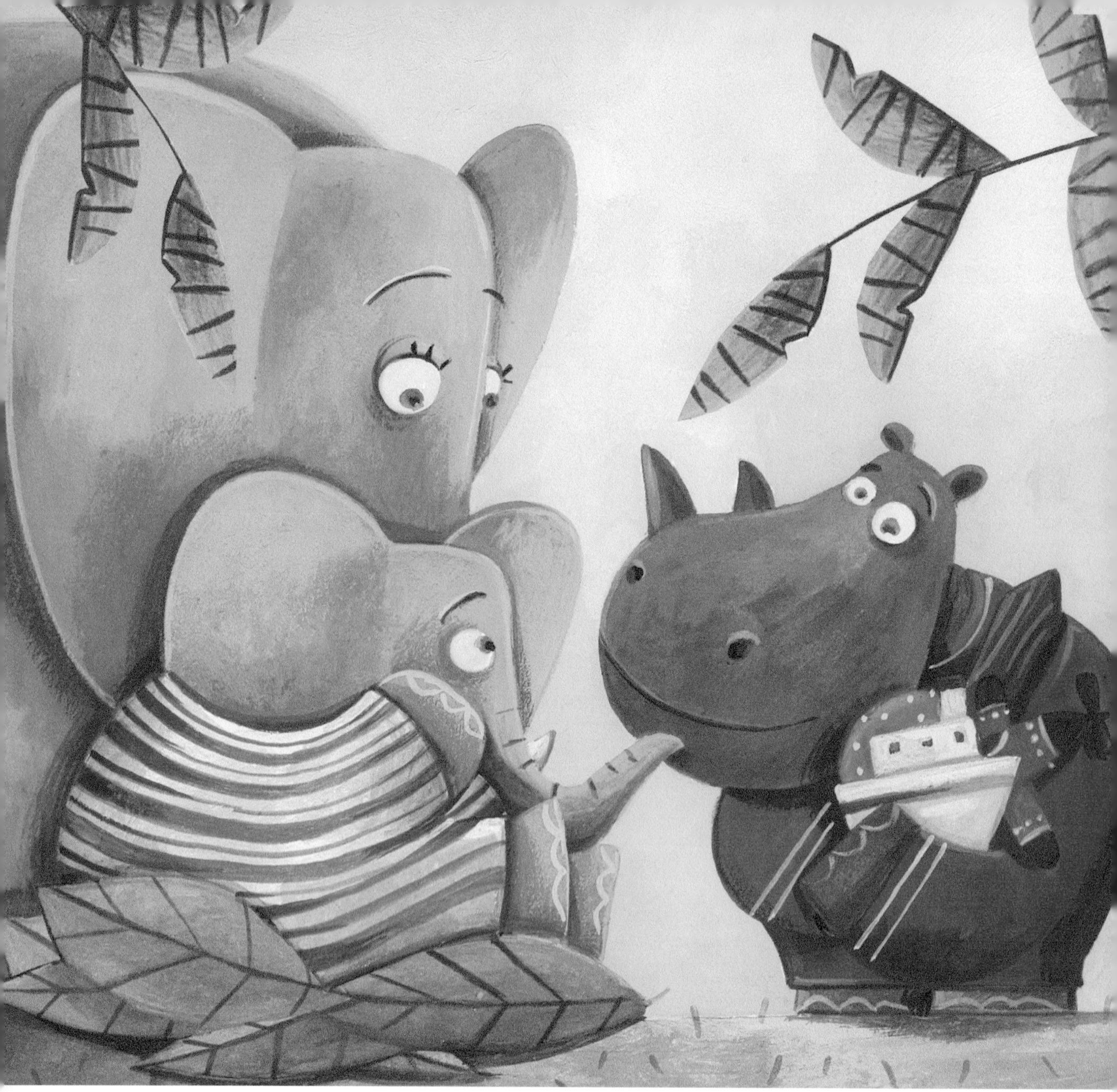

—¡Es Rino!